W0352505

L'AMOUR SELON MME DE RÊNAL

DU MÊME AUTEUR

LE PONT DU NORD, Gallimard, 1967.
PAROLE DE FEMME, Grasset, 1974 ; Babel n° 473.
ÉPOUSAILLES, Grasset, 1976.
LA VENUE A L'ÉCRITURE (avec H. Cixous et M. Gagnon), Christian Bourgois, 1977.
AU FEU DU JOUR, Grasset, 1979.
HOMMES ET FEMMES, Grasset, 1985.
LE MAL DE MÈRE, Grasset, 1986.
ORIGINES, Grasset, 1988.
CLÉ, Grasset, 1989.
EXERCICES DE MÉMOIRE, Grasset, 1992.
TOI, PÉNÉLOPE, Actes Sud, 2001.
ÉLOGE DE LA NAGE, Actes Sud, 2002.
L'ENFANT, LE PRISONNIER, Actes Sud, 2003.

© ACTES SUD, 2007
ISBN 978-2-7427-7034-2

© LEMÉAC ÉDITEUR, 2007
pour la publication en langue française au Canada
ISBN 978-2-7609-2719-3

ANNIE LECLERC

L'amour selon Mme de Rênal

PRÉFACE DE NANCY HUSTON

un endroit où aller
ACTES SUD / LEMÉAC

Sur mon sein orné de fleurs
Que je gardais tout entier pour lui seul
Il resta endormi
Et moi je le caressais
Et avec un éventail de cèdre je le rafraîchissais

SAINT JEAN DE LA CROIX,
La nuit obscure.

PRÉFACE

L'AMOUR
EN GUISE DE CONCLUSION

Moi je dis "amour" pour ce qui me ravit, m'immensifie et me brûle le cœur de reconnaissance.

ANNIE LECLERC

VOICI l'ultime livre d'Annie Leclerc : femme de lettres, philosophe et, pour moi, merveilleuse amie. Livre inachevé. Livre dont l'écriture fut interrompue, fréquemment, par trop de souffrances et de traitements médicaux… puis arrêtée, définitivement, par le Grand Commutateur. Annie s'est éteinte, comme on dit, le vendredi 13 octobre 2006, à l'âge de soixante-six ans. Elle m'avait parlé de ce projet une seule fois, quelques mois auparavant, mais elle ne m'en avait rien montré. Quelques semaines à peine après sa disparition, son compagnon Paul Aïm m'a fait parvenir ce fragment de livre, je l'ai ouvert à la première page, et mes yeux sont tombés sur les premières lignes du texte.

C'est Mme de Rênal qui parle ; la décision que vient de prendre son mari, d'engager un précepteur pour leurs trois jeunes fils, a produit sur elle l'effet d'un séisme ; elle a décidé de tenir un journal pour maîtriser ce trop-plein d'émotion et voici ce qu'elle inscrit à la première page du journal : "*Déjà !* Ainsi peut tomber la mort, à l'improviste, tranchant dans le corps vif, impréparé ! A peine le temps de s'écrier *Déjà !* que le néant emporte tout."

Ces mots, à l'encre à peine séchée, tracés par la plume de cette amie qui, depuis, était morte, ont produit sur moi, à mon tour, l'effet d'un séisme. Et un sanglot de m'échapper : Annie ! Annie !

Mais : du calme. Car Annie était là. Elle est là, ici, et pour toujours ; elle ne me quittera pas. *Ce qui fut demeurera*, c'est ce que, avec d'autres, elle m'a appris. Et c'est le beau message complet de ce beau livre incomplet, inachevé, interrompu… comme chaque vie humaine.

Pourquoi, sachant probablement limité le temps qu'il lui restait à vivre, Leclerc a-t-elle choisi de se pencher sur ce grand classique de la littérature française du XIXe siècle qu'est *Le rouge et le noir* de Stendhal ?

Mes souvenirs de ce roman étant lointains et flous, les raisons que je voyais à ce choix étaient, dans un premier temps, superficielles. Je savais, par exemple, que le milieu social de M. de Rênal, maire de ce village imaginaire du Jura que Stendhal nomme Verrières, était celui-là même où avait grandi Annie Leclerc en Limousin : la paysannerie récemment enrichie, soucieuse de son statut. La “bonne société” de province… l'univers des regards en biais, des jalousies, des mesquineries et des ragots, chacun jaugeant l'autre et lui enviant ses signes de succès, de pouvoir, de rang… Annie connaissait tout cela par cœur. Elle en avait pâti, elle en avait ri, elle s'en était libérée. Au cours de sa plaidoirie à la fin du livre, Julien Sorel rappellera ses origines aux membres du jury. “Voilà mon crime, messieurs, dit-il. Et il sera puni avec d'autant plus de sévérité que, dans le fait, je ne suis point jugé par mes pairs. Je ne vois point sur les bancs des jurés quelque paysan enrichi, mais uniquement des bourgeois indignés…”

Il ne demandera, à un tel jury, aucune grâce.

En me mettant à relire *Le rouge et le noir*, j'étais à l'affût des phrases qui avaient pu accrocher Annie Leclerc, celles qui pouvaient sembler proches de sa philosophie, de sa vision de l'être humain, lui donnant envie de revivre toute l'intrigue du roman du point de vue d'un de ses personnages secondaires. J'ai vite compris que Julien Sorel – surdoué, ombrageux, instable, orgueilleux, fragile, fébrile, colérique, obsédé par son image dans le jugement des autres – avait dû apparaître à Leclerc comme un petit garçon... et aussi, à bien des égards, comme un de ces criminels avec qui elle avait travaillé au cours de ses ateliers d'écriture en prison. Dans son livre justement intitulé *L'enfant, le prisonnier*, Leclerc parle de la sagesse particulière à laquelle peuvent atteindre, au sujet de la société, ceux qui en sont violemment exclus.

Peu à peu, j'ai compris par où l'intelligence de Stendhal et celle de Leclerc étaient proches : l'un comme l'autre savaient que la violence des hommes (qu'elle soit criminelle ou militaire, politique ou intime) surgit non de la force mais de la faiblesse et, singulièrement, d'un sentiment d'impuissance face à l'humiliation. "Ce regard [lancé par Julien] étonna Mme Derville, et l'eût surprise bien davantage si elle en eût deviné la véritable expression ; elle y eût lu comme un espoir vague de la plus atroce vengeance. Ce sont sans doute de tels moments d'humiliation qui ont fait les Robespierre." L'un comme l'autre savaient, aussi, que la virilité se construit souvent comme non-féminité ; que, dans nos sociétés, l'homme se définit pour l'essentiel comme "pas femme", anti-femme, contraire-de-femme. Au début du roman, qu'apprenons-nous de Julien Sorel ? Qu'il "méprisait ces femmes, et tous les sentiments tendres".

Julien est déterminé, patient, ambitieux. Il apprendra, il fera ce qu'il faut, il s'acharnera contre toutes les faiblesses qu'il trouve en lui. Monté à Paris, il se trouvera, après un affront subi, "baigné de sueur", et se dira, avec rage : "Ainsi il est au pouvoir du dernier des hommes de m'émouvoir à ce point ! (...) Comment tuer cette sensibilité si humiliante ?" Il fera, dans cette voie, de grands progrès. Au cours de son séjour à Londres, de jeunes seigneurs russes le féliciteront : "Vous êtes prédestiné, mon cher Sorel... vous avez naturellement cette mine froide et à mille lieues de la sensation présente, que nous cherchons tant à nous donner."

Malgré tout, en tournant l'une après l'autre les cinq cents et quelques pages du *Rouge et le noir*, je me suis sentie le plus souvent loin d'Annie Leclerc. Les parentés littéraires de Stendhal étaient nombreuses mais elles étaient autres, et largement masculines. En amont : échos de Constant *(Adolphe)* ; en aval, prémices de Flaubert *(Bovary)*, de Proust *(passim)*, et de Barthes *(Figures du discours amoureux)*... Oui, je connaissais cette musique par cœur, je dirais même à satiété : le désir n'est qu'un jeu de miroirs, un marché de dupes, un agencement savant de calculs et de leurres, de supputations et de manipulations ; l'on désire ce que l'on ne peut avoir, ce qu'a l'autre, ce dont on pense que l'autre pourrait le désirer ; on désire pour se faire mousser, pour se donner une contenance, pour se procurer une place ou un héritage ou une décoration ; partout et toujours, le désir est fondé sur l'imitation, le mépris ou l'appât du gain ; ses véritables mobiles sont égoïstes : argent, pouvoir, prestige, influence, gloire.

Et puis, dans les toutes dernières scènes du livre, Julien Sorel se transforme. "La vie n'était point ennuyeuse pour lui, écrit Stendhal. Il considérait toutes choses sous un nouvel aspect. Il n'avait plus d'ambition…"

Que s'est-il passé ? La réponse n'est ni plus ni moins que le titre de ce petit livre d'Annie Leclerc : il s'est passé *L'amour selon Mme de Rênal*.

Non l'amour triangulaire cette fois. Non le désir qui meurt dès qu'il est comblé. Non les exquises acrobaties conceptuelles auxquelles nous ont habitués, depuis un siècle, les théories psychanalytiques et littéraires. Non. Ce que découvre Julien Sorel, c'est l'amour, tout simplement. Celui "de" Mme de Rênal, dans les deux sens de cette préposition (aussi réciproque en l'occurrence que le sentiment qu'il qualifie) : celui qu'elle lui porte, à lui, celui qu'il lui voue, à elle ; les deux, inséparables, se renouvelant infiniment et indéfiniment.

En prison, pour une fois, Julien Sorel n'est plus "à mille lieues de la sensation présente". Il est là, dans le présent, avec tout ce que ce présent contient de passé. Il profite justement de l'immense "présent" que Mme de Rênal a su lui faire, et accède enfin à la beauté de ce qu'il a déjà vécu. "Dans le fait, il en était éperdument amoureux. Il trouvait un bonheur singulier quand, laissé absolument seul et sans crainte d'être interrompu, il pouvait se livrer tout entier au souvenir des journées heureuses qu'il avait passées jadis à Verrières ou à Vergy."

C'est cette nouvelle présence qui lui permet de faire son autocritique, de voir clair en lui-même… et de dire à Mme de Rênal toute sa gratitude, car, *in extremis*, elle lui a littéralement *sauvé la vie*, c'est-à-dire conféré à cette vie, avant qu'il ne la perde, un sens : "Autrefois, lui disait Julien, quand j'aurais pu être si heureux pendant nos promenades dans les bois de Vergy, une ambition fougueuse entraînait mon âme dans les pays imaginaires. Au lieu de serrer contre mon cœur ce bras charmant qui était si près de mes lèvres, l'avenir m'enlevait à toi ; j'étais aux innombrables combats que j'aurais à soutenir pour bâtir une fortune colossale… Non, je serais mort sans connaître le bonheur, si vous n'étiez venue me voir dans cette prison."

La parfaite complicité entre Julien Sorel et Mme de Rênal en prison n'est pas sans rappeler celle de Lear avec Cordelia, quand, à la fin, en état d'arrestation, ils se réconcilient… "Viens, allons en prison, dit le roi fou à sa fille adorée ; on chantera tout seuls comme des oiseaux en cage. Quand tu voudras que je te bénisse, je me mettrai à genoux devant toi, et je te demanderai pardon." Ici aussi, la prison est perçue comme un lieu de liberté, un lieu de non-puissance assumée à partir duquel il est possible d'observer les agissements des puissants et d'en sourire : "On vivra comme ça, dit Lear à sa fille, on priera, on chantera, on se racontera de vieilles histoires, on se moquera de tous ces coléoptères couverts d'or, on écoutera de pauvres diables nous parler de la cour, et on en parlera aussi, on causera de ceux qui perdent, de ceux qui gagnent, de ceux qui sont bien en cour, de ceux qui n'y sont plus, on comprendra tout, comme des espions de Dieu..."

Toutes les dernières entrevues entre Mme de Rênal et Julien Sorel seront de pures effusions de joie et – chose somme toute exceptionnelle dans le genre romanesque – cette joie ne sera à aucun moment démentie par le récit. Stendhal le dit et le redit et le redit : "Jamais il n'avait été aussi fou d'amour." "Aucune parole ne peut rendre l'excès et la folie de l'amour de Julien." "Ce n'est ni la mort, ni le cachot, ni l'air humide, c'est l'absence de Mme de Rênal qui m'accable. Si à Verrières, pour la voir, j'étais obligé de vivre des semaines entières, caché dans les caves de sa maison, est-ce que je me plaindrais ?" Nous voilà, décidément, hors cynisme.

Pas difficile de comprendre que de tels passages aient frappé Annie Leclerc, car Stendhal montre ses valeurs, pour une fois, en train de triompher. Victoire de la présence sur l'absence, de la sincérité sur le cynisme, de l'altruisme sur l'égoïsme forcené… Indifférence aux signes ostentatoires du succès ; indifférence, surtout, à la morale régnante. Le mari de Mme de Rênal ne l'a jamais rendue heureuse ; Julien, si. Elle ne se sent pas coupable, elle se sent heureuse. Et Julien aussi, contre toute attente, contre sa propre attente, est grandi par sa capacité de recevoir et de donner du bonheur, d'être *en relation* vraiment.

Tout au long de ma relecture du *Rouge et le noir*, j'ai senti l'identification forte, courageuse, joyeuse, d'Annie Leclerc à Mme de Rênal. C'est effectivement ce que montre, avec une finesse psychologique et une efficacité littéraire impressionnantes, le manuscrit qu'on va lire. Mais il a fallu que j'en arrive aux toutes dernières pages du roman de Stendhal pour comprendre, dans un serrement de cœur, que Leclerc avait dû s'identifier à Sorel aussi.

"Il est singulier pourtant, se dit Julien, que je n'aie connu l'art de jouir de la vie que depuis que j'en vois le terme si près de moi." Oui : comme Julien, Annie se savait condamnée à très brève échéance. Comme lui, elle a senti les secondes se dilater, chaque instant se transformer en une éternité. Comme lui, elle a perçu alors la pleine présence de tous ses passés, et le soutien réel de toutes ses amours. Comme lui enfin, elle en est devenue capable de regarder le monde – lucidement, tranquillement, pleinement – dans toute sa splendeur et toute sa hideur – et de le bénir.

NANCY HUSTON

L'AMOUR
SELON MME DE RÊNAL

DÉJÀ !

Ainsi peut tomber la mort, à l'improviste, tranchant dans le corps vif, impréparé ! A peine le temps de s'écrier *Déjà !* que le néant emporte tout…

Impossible même de crier à l'injustice. A qui m'en prendre ? Au moins écrire, fixer à l'encre noire ce cri du brutal sevrage.

Mes petits ne dormiront plus avec moi ; c'est fini. Ainsi en a décidé M. de Rênal.

Sous le coup de l'épreuve j'ai pensé – ce qui ne m'était encore jamais arrivé – au registre gansé de noir, offert par ma tante la veille de mes noces et qu'elle avait accompagné d'une recommandation dont le sens m'avait en partie échappé. Que disait-elle ? Quelque chose comme : Un mari est un maître. Lui obéir suffit. Gardez-vous bien ma fille de lui livrer de surcroît vos pensées intimes.

Se peut-il qu'une phrase mette tant de temps – près de douze ans – à parvenir à nos oreilles ?

J'ai retiré la petite clé d'or de mon secrétaire que je porte à mon cou comme un bijou jusqu'à ce jour tout à fait inutile. Elle a cliqué précise et claire dans la serrure du tiroir secret à peu près aussi inutile que sa clé. J'en ai retiré le registre oublié. Il porte sur son devant, brodée en fil d'or, la mention : *Pensées de vie et méditations morales de Mme de Rênal.* Si j'avais le cœur à rire, j'aurais ri.

En un tournemain la première page a été découverte, l'encrier rempli, la plume trempée. J'ai écrit *Déjà !* j'ai souligné, ne sachant plus comment poursuivre. Ce *Déjà !* me fixe bizarrement comme pour me reprocher cette entame incongrue du beau cahier. Je ne suis, déjà, plus tout à fait sûre de cette impulsive et définitive intrusion dans le cahier, ce matin vierge encore… Est-il bien raisonnable d'avoir mis fin ainsi à sa blancheur et brisé son silence sans nulle hésitation ni le moindre tremblement ?

Mais c'est fait. Et impossible à défaire. Le plus troublant, c'est la réalité du secret dont me voilà soudainement chargée de mon propre fait. Ce qui s'écrit là devra rester caché à mon mari, ou brûlé. Jamais encore…

Que M. de R. se soit mis en tête de donner un précepteur à nos enfants, passe encore, mais pourquoi en plus les séparer de moi au temps du sommeil et les remettre la nuit à leur maître du jour ? Le petit surtout, mon numéro trois chéri (que j'appelle Tre en italien), mon angelot, mon bambin de six ans, comment oser me le retirer si brutalement ? Hier encore… Mais que dis-je *hier* ? Ce matin même qui est aujourd'hui tout saignant de cet arrachement, le simple délice était donné. Eveillée la première, inclinée vers eux qui dormaient encore, chacun dans son lit, chacun diversement tourné dans son rêve, sûrement j'avais souri, à Uno (mon Un unique), puis à Due (que j'appelle en secret mon Doué), puis à Tre (mon Très, adoré-caché…). Finalement c'est Tre qui le premier a ouvert l'œil. Je l'observais entre mes cils. Bâillant, étirant ses membres, puis caressant ses cheveux d'un geste qui lui est familier, il laissait aller son regard encore alangui sur ses frères, la fenêtre, la commode, et puis, d'un coup, appuyé sur ses poings, se dressant vers moi : Je peux venir, maman ? Ce matin, qui est aujourd'hui même, j'ai ouvert mon lit, j'ai souri vers lui, viens petit Tre chéri… J'ai fait chut en barrant mes lèvres d'un doigt pour l'inviter à protéger le sommeil des deux autres et notre courte intimité. Et hop, un pied jeté sur le rebord du lit, ce matin même encore, d'un bond il a été contre moi, nichant son museau au creux de mon épaule, relevant un instant la tête pour poser une question, puis s'assoupissant de nouveau, bienheureux, tandis qu'en attendant l'ébrouement général je songeais à nos occupations du jour, vaguement tourmentée par la proche venue de ce précepteur, mais encore ignorante de ce qui se préparait. Les lits des enfants dans la chambre de cet inconnu !

D'ailleurs, pourquoi un précepteur ? Ne suffisait-il pas qu'ils apprennent de moi, comme en jouant, à lire et à compter ? Qu'ont-ils donc à faire ces rutilants et libres enfants, si tôt, d'un précepteur, d'un pourvoyeur d'ennui latin, de tristes mathématiques, d'un maître d'ordres et de punitions, qui les battra peut-être ?

Mon Dieu, s'il les battait ?

D'angoisse, je me suis levée, comme pour devancer le pire. De la fenêtre, d'où se découvre par-delà le jardin la plus jolie vue qui soit sur Verrières, j'ai regardé fixement en contrebas de la vallée, au creux de la rivière, vers la scierie du vieux Sorel, veuf besogneux, rude envers ses fils dit-on, vers ce lieu d'où va monter mon tout neuf malheur. J'ai imaginé ce fils Sorel, troisième du nom, promis à la prêtrise, en sinistre habit noir, terni de la sciure des machines, les épaules larges, les jambes courtes, méchant rustre. Ce Julien les battra, c'est sûr mon Dieu, il les battra… Et la nuit, ne va-t-il pas les tourmenter ?

Ce n'est pas faute pourtant d'avoir supplié M. de R. accroché à l'idée saugrenue de faire transporter les petits lits dans la chambre de l'étranger. N'ai-je pas joint les mains, pleuré, plié le buste, comme il convient à une femme implorante ? Je vous en prie, mon ami, laissez-moi au moins mon petit Tre, pitié… N'ai-je pas été là devant lui, telle la dernière épouse de Barbe-Bleue, qui elle au moins avait obtenu ce sursis d'un quart d'heure d'où viendrait son salut ? Mais moi, rien. Ah, comme je revois l'expression laide de son visage. Ce M. de R. dressé devant moi, dur, insensible, c'était donc cela mon mari ? Comment l'oublierai-je ?

La splendeur retirée de mon beau jardin ne m'a pas charmée mais désolée. Nous sommes pourtant au temps des plus beaux jours de l'année, au temps de l'été aspirant à l'automne des fruits promis, des senteurs, des couleurs, des enfants extasiés et rieurs… Longtemps j'ai laissé couler mes larmes, douces à ma peine.

Puis je suis revenue m'asseoir devant mon secrétaire et reprendre la plume.

Non, je n'oublierai pas. La part de moi, la plus intime, la plus vivante, celle de mes peines et de mes joies, est forcée d'exister sans M. de R. Cela ne se peut pas autrement. Serait-ce par amour de mes petits. Ce dont on ne meurt pas donne à vivre. Je vis. Et survivre à ce qui ne nous tue pas, n'est-ce pas vivre davantage encore ?

Curieux comme cette froideur insolite vis-à-vis de M. de R. me console, me raffermit. Les maîtres ne sont pas maîtres de tout. Ce qui échappe au maître, n'est-ce pas la vie elle-même ?

Eh bien, ma tante, qu'en dites-vous ? Auriez-vous imaginé votre nièce philosophe ?

Courons voir et embrasser les petits. Mon Uno, mon Due, mon Tre…

Une phrase de M. de R. m'est revenue en mémoire tandis que j'observais les enfants se poursuivant entre les arbres. Un précepteur pour nos enfants ? "Une dépense nécessaire pour soutenir notre rang", avait-il été répondu. *Soutenir notre rang.* Quand il ne devrait s'agir que du bonheur de ses enfants… Mais l'étrange n'est pas tant que M. de R. ait dit cela (c'est ce qu'il dit le plus souvent), l'étrange est que je m'y sois arrêtée. Que je m'y arrête.

Pour la première fois depuis que nous sommes mariés, me voici détachée de son mouvement, retirée de son ombre, dans la seule lumière de mes trois petits rieurs s'interpellant entre les buissons. Non pas en révolte, mais écartée de cette obéissance candide qui fut toujours la mienne et rendue à la seule affection de mes fils.

Au fond, depuis trente ans que je suis au monde, l'enfance, les années d'éducation chez les religieuses, le mariage, les grossesses, la présence des enfants, rien encore n'avait ébranlé ma façon d'être et de consentir. Il est vrai que ce fut toujours si facile. Quoi de plus naturel que de se laisser porter et d'acquiescer quand rien ne manque, ni les tendres soins des proches, ni la santé, ni la beauté, ni la fortune…

Pour la première fois, à cause de la venue de cet étranger qu'a voulue M. de R., me voici alertée, inquiète. Le voile tranquille du quotidien s'est déchiré. Le regard soudain s'alarme de tout ce qui est à venir. La mort viendra, même celle des enfants transformés en adultes, en vieillards, au temps où je n'y serai plus, quand je serai depuis des décennies impuissante à les consoler…

Mon Dieu, pourquoi faut-il que je pense à ça ? D'ailleurs je m'écrie *Mon Dieu* ;

mais c'est sans penser à lui. Je ne pense qu'à la fragilité des choses. O si bel été, trop tôt rendu à sa fin…

Une grâce est accordée ! la chape d'angoisse soulevée ! Comme j'étais pesante hier, écrasée d'inquiétude ! Finies les sombres rêveries de fin d'après-midi au jardin. Non ! Il ne les battra pas ! Je l'ai vu ce monstre tant redouté ! C'est un enfant lui-même ! Tremblant comme un enfant, et si frêle !

Il me semble même que je devrais rougir de l'avoir interrogé comme je l'ai fait : Vous ne les battrez pas, n'est-ce pas, monsieur ? ai-je osé demander. Oh, son fin visage pâle au bord des larmes, son adolescente beauté, sa féline posture ! Je ne sais plus de quels balbutiements il me répondit. A peine l'avais-je pressé de me répondre que j'aurais voulu le consoler de tout ce que je devinais trop bien : son désarroi, sa réticence à franchir le seuil d'une demeure inconnue (et la plus prestigieuse de Verrières…) sans compter son appréhension à s'acquitter convenablement de sa lourde tâche. Tandis qu'il me jurait être incapable de malmener mes enfants, ayant été lui-même trop bien instruit par les mauvais traitements de son père et de ses frères, j'en voyais les traces sensibles sur toute sa personne. Je regrettai mon questionnement, je cherchai à le rassurer à mon tour en me gardant de toute expression de méfiance à son égard. C'est alors que bouleversé de reconnaissance il s'est saisi de ma main pour l'embrasser. Vrai, quel enfant ! Quiconque eût surpris son geste en eût été choqué. Quel âge avez-vous, monsieur ? Dix-neuf ans, madame, a-t-il répondu en baissant les yeux.

Dix-neuf ans !

Jamais je n'aurais imaginé cela. D'ailleurs quand il parut soudain derrière la grille demeurée ouverte, hésitant à s'avancer davantage, l'idée qu'il s'agissait de la personne que nous attendions ne m'a pas effleurée. Le soleil déclinait. Il se tenait à contre-jour, immobile, faisant face à l'entrée. J'ai pensé à un petit paysan ou à quelque jeune ouvrier médusé par la magnificence de notre demeure, à une fille peut-être, auréolée d'une mousse de lumière au-dessus de beaux cheveux sombres et bouclés tombant bas sur le front. J'ai croisé un regard de faon surpris dans la clairière, arrêté… Je me suis approchée. Il était rouge de confusion. Que cherchez-vous ici, mon enfant ? C'est alors qu'il s'est présenté.

Comment ai-je pu l'interroger de façon tellement pressante par la suite, après tout ce que j'avais vu, dès sa première apparition ? Il fallait que ma peur fût bien grande et bien tenace pour me faire oublier ce qu'il m'avait déjà montré, lui si jeune, si démuni, craintif et tremblant sous le poids de sa charge nouvelle…

Les enfants lui ont été présentés. Tout va bien.

Mis à part l'entêtement de M. de R. à vouloir le dépouiller de sa chemise rustique et de sa petite veste de ratine violette pour le revêtir d'un habit noir taillé à sa mesure. Etait-il bien nécessaire de déguiser ce jeune homme si délicat en homme austère et grave, en futur prêtre, en docte lettré ? Qu'y gagneront les enfants ? Il est vrai qu'il n'en semble lui-même pas fâché ; comme si la gravité du vêtement l'aidait à arborer devant ses élèves, tout roses d'admiration, ses dons et compétences…

Qu'importe l'habit noir après tout, pourvu qu'il soit ce Julien Sorel qui m'est apparu et non celui que j'avais tant redouté. Il est bien doux d'avoir eu peur et de sentir fondre sa peur comme neige au soleil. Le cœur s'épanouit, l'orage se dissipe, la pelouse rit sous la rosée. Les petits ne dormiront plus avec moi ? Il fallait bien que ça arrive un jour. Voilà ; c'est arrivé. Et donc n'arrivera plus. C'est fait. Et puis n'ont-ils pas toujours leurs douces joues à baiser, leurs boucles souples à peigner, leurs petits bobos à soigner, leurs ritournelles à chanter ? La vérité c'est que je les vois ravis de la venue de ce jeune Sorel qui loin de les ennuyer les charme de son savoir et de sa présence.

Il fait beau, simplement beau. Un vent frais soulève mes petits folâtres.

Je regrette presque d'avoir défloré pour si peu de chose le beau registre. Mme de Rênal est loin d'éprouver le moindre penchant pour les *Méditations de vie et réflexions morales* auxquelles sa tante l'invitait…

Si je ne m'étais pas trouvée avec M. de V. et le sous-préfet, je n'aurais pu résister à le prendre dans mes bras pour essuyer ses larmes, le consoler, l'aider à se relever… Quelle misère ! Gisant sur le chemin du Belvédère, roué de coups, son bréviaire étalé à son flanc. Comme je l'interrogeai plus tard, il m'a avoué que c'étaient ses frères qui l'avaient attendu là pour se jeter sur lui et le battre.

Vos frères ? Mais pourquoi, grand Dieu, pourquoi ? Ils sont jaloux, madame. Jaloux ? Mon habit, ma charge, votre maison, vous-même… Moi ?

Avec quelle reconnaissance, pour m'être penchée sur lui, il me regardait ! Ah, ce jeune homme me serre le cœur !

A-t-il seulement observé le tendre intérêt que lui porte Elisa, ma petite femme de chambre, qui s'occupe en secret de faire nettoyer son linge ? J'aimerais tant pouvoir le secourir, moi-même. Je m'y suis efforcée, le plus délicatement possible. Mais il est si fier que ce fut à moi d'être humiliée par la proposition de quelques louis que je lui avais faite. Il ne veut rien de moi, et surtout pas d'argent. M. de R. à qui je faisais part des difficultés de notre précepteur s'enferre dans son attitude altière vis-à-vis de notre jeune homme qu'il n'est pas loin de considérer comme un domestique. Ce que ça va coûter importe seul à ses yeux, ou alors ce que vont penser et dire les autres. Les autres ! Quels autres ? Les domestiques, les gens, M. de V., ce grossier personnage ! Qu'avons-nous à faire de ces autres ? Je ne songeais plus à poursuivre mes confidences au beau registre. Mais ma colère réveillée vis-à-vis de M. de R. ainsi que la pitié que j'ai de ce pauvre jeune homme m'y forcent.

Ah, une idée me vient ! Je vois au moins comment lui faire parvenir des livres, ceux qu'il désire, sans l'offenser ! Je vois comment embobiner M. de R. !

Rien de plus amusant à vrai dire que de réjouir notre jeune homme sans qu'il y paraisse ! Chaque jour je m'y applique, de ruses innocentes en ruses innocentes, sans froisser l'honneur du petit monsieur ni bousculer les mesquineries du grand.

Reste qu'il n'est pas tout à fait heureux auprès de nous, je le sens bien. Un rien l'offense. Le souci de son être, de son apparence, de son avenir peut-être, ne le quitte pas. Dès que nous sommes seuls, il se tait, absorbé dans quelque sombre rumination. Je ne sais comment le divertir et lui complaire. Les enfants seuls semblent y parvenir. Grâce à Dieu ! au moins sont-ils heureux ensemble ! Que cela suffise à mon contentement ! Celui de Julien suivra bien un jour ou l'autre.

Voilà que je l'appelle *Julien* ! Comment prendrait-il une telle familiarité ? En serait-il charmé ou offensé ? Je le connais si peu en réalité. Mon intelligence de lui s'arrête au regard aigu, impénétrable de sa si jolie figure. Tout est gracieux en lui, enfantin, maladroit même ; sauf son regard. Mais j'aurais mauvaise grâce à lui en faire reproche. Ni son front buté, ni sa mine renfrognée n'assombrissent son charme insolite. Ils l'augmentent même, si je peux dire.

Non, vrai, je suis toquée de ce Julien !

Elisa qui a fait un petit héritage s'était mis en tête d'épouser Julien ! L'abbé Chélan a transmis. Julien a refusé tout net ! Je me suis moi-même risquée à lui en parler, à lui faire valoir les avantages qu'il pourrait trouver à une telle union. Il ne veut pas, c'est simple. Il ne désire pas changer de chemin. Il sera prêtre, c'est tout. Et moi, je suis bien contente. Trop contente ? Mais pourquoi *trop* contente ? Tout m'agite depuis que nous avons un précepteur et que je me confie à ces pages ! Même un peu de joie qui m'échoit au détour du jour.

Le printemps s'en vient. Nous partons pour Vergy ! L'air y est plus pur, les arbres plus hauts, les allées plus vastes, les promenades enchanteresses ! Ma cousine et amie Derville, que nous appelons tous Bonnamie, nous accompagne, comme à l'accoutumée. Les enfants sont ravis.

J'ai profité de l'absence de M. de R. rappelé à Verrières pour faire tracer une allée sablée à travers le verger jusqu'aux grands noyers du fond. Quelle réussite ! C'est notre petit précepteur qui a eu l'idée. Nous avons aussi confectionné des filets à papillons. Pauvres papillons épinglés ! N'empêche, l'humeur générale est au beau fixe ! Je me suis fait faire une nouvelle robe dont je suis enchantée !

Les soirées sont si belles que nous restons longuement le soir à bavarder sous le grand tilleul dans le parfum suave de ses fleurs.

Oh mon Dieu ! Pourquoi fallait-il que… ? Pourquoi faut-il que… ? Comment oser écrire cela même qui arrive ? Je tremble, ma main tremble, ma main qu'il a saisie dans l'ombre, que je lui ai retirée ; puis qu'il a reprise si fermement que je n'ai pas su, pas pu la lui reprendre, et la voilà qui court maintenant sur la page, cette main si longtemps demeurée dans la sienne, inerte et médusée… Dix heures sonnaient, n'en finissaient pas de sonner. Est-ce que je n'avais pas redouté depuis de longs instants quelque événement minuscule et fatal ? Ce qui est arrivé, je n'ai pas su l'empêcher. Bonnamie ne se doutait de rien et s'adressait gaiement à Julien. Puis le vent s'est levé. Bonnamie a suggéré le repli au salon. Mais nous sommes restés. Julien parlait, ma main toujours perdue dans la sienne. La nuit versait son lait de douceur. Oh, mon Dieu… Julien parlait, trompant l'attention de Bonnamie, mais je l'entendais à peine, ou trop, sa voix emplissait mon souffle, ma poitrine, mes membres. Je brûlais. Je brûle. Il me semble que je ne pourrai plus jamais dormir. Que me voilà éveillée pour l'éternité. Que ferai-je de moi, ainsi éveillée, vers qui tourner mon éveil ? A quoi songer désormais ? Ta main, Julien, ta paume tendre fermée sur la mienne... La plume accroche. L'encre éclabousse la feuille.

Je me souviens comme il se tenait derrière la grille dans la pénombre, ce jour de fin d'été où il était apparu. Je revois la lumière du soleil couchant sur ses cheveux ébouriffés, son regard farouche dans son visage cramoisi. Tout me ramène à l'instant suspendu où le sort a scellé notre rencontre. Dès lors n'avais-je pas été blessée à jamais ? Dès lors n'était-il pas trop tard ? J'ai peur.

Je ne peux plus écrire. Pas une heure où je n'aie Julien en tête. Je sais à peine si je le cherche ou si je l'évite. Je vais du jardin au salon, du salon à ma chambre, je longe les couloirs, je me rends à la cuisine, je m'enquiers des enfants mais c'est à lui que je pense. La plume meurtrit la feuille sans même que j'aie trouvé les mots qui conviennent. Est-ce joie ou détresse, attente ou consternation ? Le visage de Julien me ravit et m'échappe. Je crois tout pénétrer de ses sentiments à l'instant même où tout se dérobe. Que veut-il ? Et moi donc ?

Regretter, non, je ne peux pas. Mon tourment n'est que l'autre visage de mon bonheur. Voilà qui est clair : je suis heureuse. Qui a dit que le bonheur devrait être de tout repos ?

Comment se tenir sur la crête de l'heure sans basculer soit dans la pensée de ce qui ne sera plus, soit dans celle de ce qui peut advenir ? Je fais comme les enfants qui loin de ralentir la marche quand le passage semble difficile courent pour éviter la chute. L'enfance me revient à toute heure ; à l'aurore, à la tombée du jour, la nuit quand je veille, l'enfance enjouée et débordant d'elle-même me gonfle la poitrine. Je cours, je saute à la corde, je trébuche, je rêve, je piétine, je ris, je pleure… Comment lui aurais-je refusé ma main ? Refuse-t-on le sein au nourrisson affamé ? Hâte du retour de la nuit, de notre accotement retrouvé sous le grand tilleul ; tendres complices dans l'espace clos du secret échappé à Bonnamie. Hâte du soir exquis, hâte de ta main… me voilà à mon tour avide, assoiffée…

Serais-je… ?

Est-ce cela l'amour ? cette indécision entre l'adoration emportée et l'effroi ? Est-ce l'amour ce non-repos exalté, cette veille anxieuse, ces mille et une attentes, ces mille et une déceptions de l'instant, ces diamants, ces dons trop vastes, ces pertes désespérées pour un rien ? Je rougis vingt fois par jour, je rougis de rougir, je prends son bras, il se détourne, je fais mine de l'oublier mais l'air d'infortune dont se marque son visage me précipite vers lui.

Serais-je… ? Il est si jeune ! Jeune, oui, mais tellement pressé de quitter sa condition, de briller, de prendre quelque revanche sur son obscure naissance et la désaffection des siens. Je regarde son visage, sa démarche dans les allées, la façon qu'il a de lever le regard de son livre et de le porter au loin, de tenir tête aux personnes que nous recevons et qui ne sont pas de sa condition, je le sens hanté d'une ambition qu'il ne me dit pas mais que je devine. Je sens le mirage de l'évêque sous son front têtu, je pressens le cardinal, l'habit pourpre, l'encens ! Sait-il précisément ce qu'il désire ? Il veut monter, faire ses preuves, triompher… Certes, il est loin du compte, si démuni, si maladroit encore malgré son audace extrême. C'est pourquoi je lui apprends mille choses dont nul ne lui donna jamais la moindre idée et dont il aura forcément besoin dans le monde ; comment on se tient à table, comme on accueille les dames, je lui fais savoir par mon regard s'il a bien parlé, s'il s'est montré arrogant ou exagérément morose. Je lui indique comment disposer gracieusement son col blanc et ses manchettes sous l'habit noir, dissiper le nuage revêche qui trop souvent ternit son front. Rien ne me touche davantage que de le sentir sonder mon jugement, craindre ma défaveur. Souvent je ne peux m'empêcher de lui sourire, indifférente à ce que pourraient en penser les autres, M. de R., Bonnamie, les invités, nos domestiques. Mais les autres sont à mille lieues d'imaginer quelle tendresse me lie à lui. La belle et sage épouse du puissant maire de Verrières, la digne mère de ses fils, inclinée sur le plus obscur petit jeune homme qui soit, fils d'un grossier scieur de bois, c'est une invraisemblance telle qu'ils ne peuvent rien voir, qu'ils ne voient rien…

Dès que le sort me laisse seule un instant avec lui, je voudrais pouvoir l'embrasser de tout mon cœur comme mon Due, mon Uno ou mon petit Tre lorsqu'ils ont accompli quelque tâche difficile et progressé. Je pose une main sur son épaule, je redresse une de ses mèches qui me cachent son front, j'époussette son vêtement, je lui passe un doigt sur la joue. Si je le blessais, j'en mourrais. Je suis résolue à tout faire pour le grandir, le parer, l'imposer aux ingrats et aux vaniteux insensibles à son mérite…

C'est le plus joli été de ma vie. Les enfants sont aux anges.

Le plus bel été ? ou le plus sombre ? Un instant mon cœur saute de joie dans ma poitrine, l'instant suivant je tremble d'inquiétude, des périls auxquels je m'expose, de la peur extrême qu'il aime ailleurs – ne serait-ce pas bien naturel ? Je suis si malheureuse parfois. Tu dis cela, mais tout à l'heure, souviens-toi, cette joie bondissante en toi quand tu l'observais tandis qu'il s'occupait, et avec quel soin, des enfants, et que tu l'as vu soulever tendrement ton petit Tre pour l'aider à s'asseoir sur un siège élevé, quand tu l'as entendu rire de ses réparties, brouiller ses cheveux d'une main rêveuse. Souviens-toi de ce matin récent où le petit lui a sauté au cou pour l'accueillir. Et lui, le prenant par la main, s'éloignant lentement en lui désignant quelque chose dans l'azur ; un nuage, un oiseau ? Souviens-toi de cette étrange allégresse à les voir aller, l'un avec l'autre. Oh comme j'envie la confiance sereine plantée entre ces deux-là. J'ai, moi, le cœur aux abois. Je ne sais jamais s'il me fuit ou m'espère, si je lui plais ou l'irrite. Un instant il se précipite auprès de moi, un autre instant il s'éloigne sans ménagement après m'avoir lancé son plus sombre regard. Le pire, c'est quand il semble m'ignorer, et m'oublier pour de bon, quand je le vois tout occupé de ce que je ne sais pas.

C'est trop d'émotions et de désordres auxquels je suis soumise.

Parfois je suis tentée de tout dire à M. de R. Ce serait en finir. Expier. Dormir. Comment me délivrer ?

Mais je vois bien que ça ne se peut pas, ne se peut plus.

Comment me délivrer ? ai-je écrit hier. Et depuis, je vois bien que plus j'implore la délivrance, ici même chaque fois que je m'assieds devant mon secrétaire et reprends la plume, plus je me retrouve liée, ligotée à Julien par tous les émois dont un cœur peut être agité. Les réprimandes injustifiées et humiliantes de M. de R. à son endroit me déchirent au moins autant que lui. Mais l'expression de haine qu'il a dans ces moments, je la reçois comme si elle m'était adressée, j'en meurs sans mourir, c'est affreux. Sans compter ce portrait qu'il aurait caché dans sa paillasse et dont il tremblait qu'il ne soit découvert. Un portrait ? Quel portrait ? De quelle femme ? Comment peut-on souffrir autant que je souffre ?

Se pourrait-il qu'il tente de me séduire par haine de M. de R., pour se venger de lui ? Parfois je pense que c'est possible, et parfois impossible. Et je me déchire à penser ce que je ne peux pas penser.

Les enfants viennent de m'annoncer que Julien s'absentait pour quelques heures après que M. de R. a décidé d'augmenter son salaire. Je ne comprends rien à ses manigances. D'autant que Julien, me dit-on, avait semblé un moment très en colère. Mais de quoi ? Où s'est-il rendu ? En quelle disposition reviendra-t-il ?

Et dire qu'il n'y a pas même un an qu'il est chez nous.

Je ne peux plus, je ne veux plus de ces tempêtes. La soirée aurait dû être si douce. Sera-t-il de retour au moins avant la nuit ?

Suis-je une femme… *adultère* ?

Le mot *adultère* s'est dressé devant moi à l'instant où je regagnais ma chambre, bouleversée du bonheur de ce soir. Comme si tout Verrières, Vergy, M. de R., M. de V., le sous-préfet, Bonnamie, l'abbé Chélan, toutes nos connaissances, les artisans, les femmes, les ouvriers, les paysans, comme si tous dressés devant moi, pleins de dégoût… Ainsi, moi, Mme de R., l'épouse la plus honorable, la mère la plus aimée, je me retrouverais brusquement jetée dans l'opprobre, et par ce coup fatal *adultère*, adulte trop adulée, altérée, atterrée… Je ne sais plus ce que j'écris, ni ce que je dois.

Il m'est impossible d'être *adultère*. C'est trop d'horreur et d'abaissement. Comment serais-je une femme adultère ? Je me trompe. C'est le mot qui me trompe. Ce n'est pas parce que j'ai pris en affection ce pauvre jeune homme que je devrais être méprisée et bannie de la terre entière.

Quel rapport entre le bonheur de ce soir, son baiser furtif sur mon bras nu, à l'insu de M. de R. tout à ses discours, cette morsure, blessure délicieuse d'amour qui se transporte au corps entier et fait défaillir, et ses autres baisers pressants, fiévreux sur ma main, baisers, baisers tellement audacieux, défiant le ciel, quel rapport, je le demande à Dieu, entre cette ferveur immense, cet abîme d'adoration céleste et la hideuse ignominie d'une *femme adultère* ? Quel rapport ? Il n'y a pas de rapport.

Il suffit de se garder des emportements des mains, des lèvres, des regards. Ne plus le regarder serait impossible. Il est vrai que les regards l'un à l'autre livrés déjà s'enlacent, se pénètrent, s'étreignent. Oui, peut-être les regards sont-ils déjà adultères. Alors je ne le regarderai que lorsqu'il ne sera pas occupé de moi. Pour le reste, je me détournerai. Je l'aimerai en secret, en silence, sans douleur, sans effroi, sans honte... Je décide, je promets, je jure...

Il faut dormir maintenant, m'allonger ferme et droite dans ma résolution, implorer le secours du Seigneur de calmer ma fièvre...

Je le vois à travers les persiennes déambulant dans le jardin, levant parfois les yeux vers ma fenêtre. Je sens bien qu'il m'attend. Je ne dois pas... Je rumine ma résolution. Il rêve, il pense, il redresse une rose. Je remâche ma résolution. Elle me semble bien indigeste. Où sont les enfants ? Je ne dois penser qu'aux enfants.

Mais si je m'attarde trop longtemps, j'en dis plus qu'il ne faudrait. Il est temps de descendre au jardin, d'exposer silencieusement, visiblement, ma décision. C'est la seule façon de m'y rendre. L'afficher. Il doit comprendre. Il comprendra.

Dieu m'est témoin. J'ai tout fait pour me reprendre, lui témoigner la froideur la plus déterminée. O son visage féroce ! Comment y résisterais-je ? Mon esprit se brouille. Le voilà parti pour trois jours. Qui sait s'il reviendra jamais ? Où dissimuler mon angoisse, le rattraper, le lier à jamais à notre demeure ? Et se peut-il que chaque jour m'apporte une douleur plus insupportable que celle de la veille ?

Il a dit qu'il m'aimait de la passion la plus vive. Il l'a dit. Il l'a dit… Il fallait bien que je l'interroge. Je devais savoir. Vous nous quitterez ? Non seulement il est revenu, mais… Il a dit qu'il m'aimait. J'ai bu de ces lèvres l'aveu poignant de ce qu'il nomme péché, si lourd au futur prêtre. Il a prononcé le mot *passion*, je l'ai entendu, le mot est entré en moi, dont je serai grosse pour la vie entière. S'il part, sa passion restera en moi. Nous porterons notre passion comme le Christ a traversé la sienne. Me voilà enceinte pour la vie de la passion de Julien. Quoi qu'il advienne.

Je n'ai plus peur. Je suis devenue immense, forte, éveillée au-delà de l'aurore. Il n'y a rien désormais à redouter. Nous pouvons très bien nous aimer comme nous aimons les enfants. Et la peine de ne pas nous étreindre de mots tendres attisera notre tendresse. Tout est si simple au fond. Julien est le plus tendre ami que Dieu m'ait offert.

Quoi ? Où vais-je ? Comment échapper à cette folle fureur ? Qu'ai-je fait, ou seulement permis, pour qu'elle se déclenche ce soir, sans rien qui puisse désormais l'arrêter ?

Il va venir dans ma chambre.

Julien, d'ici deux heures dans ma chambre… Je vais le chasser, lui faire honte, lui démontrer combien son entêtement ne peut que nous perdre l'un et l'autre. Je vais dissiper sa folie, le rendre à la raison… Mon Dieu, aidez-moi…

Je suis perdue ? Il m'a perdue. Ses sanglots ont eu raison de moi.

Ce sont là des choses que je ne peux pas écrire.

Ce n'est pas de M. de R. que j'ai peur, c'est de Dieu. Comment ne serait-il pas jaloux de…

Aux premières lueurs de l'aube, il s'est assoupi un instant contre moi, ses boucles épandues sur mon sein. J'ai senti son souffle tiède. Celui-là même qui hantait hier soir les branches de notre haut tilleul. Le divin se respire. Comment pourrions-nous l'éviter…

Mais jamais plus n'est-ce pas ? Il faut que je le lui fasse savoir. Je serai impitoyable. Il le faut. Cela aura été une fois, une fois pour l'éternité. Un ravissement définitif, n'est-ce pas ? Que nous soyons sortis vivants d'un péril aussi extrême ne peut que nous tenir à jamais au plus loin de lui.

Ah je suis belle ce matin, et vaste comme l'azur. Mon Dieu, pardonnez-moi. Pardonnez ce qui me fait si belle…

Je ne peux pas. Je pourrais si j'avais su refuser. Mais maintenant que je n'ai pas su, je ne peux plus reprendre ce qui a été accordé. Le pire m'emporte. Je fais plus que consentir, je sollicite, je m'expose… Il n'y a rien qui soit mien que je ne voudrais lui accorder. Il se plaît à caresser mes étoffes, à toucher mes objets, à contempler mes miroirs. Tout devient beau par son regard charmé. Tout brille, tout rit et promet. Je lui disais hier : Mais comment pourriez-vous m'aimer, moi qui ai dix ans de plus que vous ? Mais pourquoi ne pourrait-il m'aimer, je le peux bien, moi, l'aimer, cet enfant. Quel sens cela a-t-il de compter les ans quand la fatalité d'aimer empoigne ?

J'oublie trop facilement comme il est préoccupé de son avenir, désireux de faire fortune, inquiet des moyens par lesquels il pourrait y parvenir… Je connais son souci mais il m'affecte. Je le voudrais ici comblé et serein. Son inquiétude me blesse. Je voudrais tant que rien ne puisse porter ombrage à son bonheur. En désirant plus que ce qui lui est accordé, il me déchire de mon impuissance à le satisfaire.

Mais je suis injuste. Moi aussi je le veux entouré de prestige, auréolé de gloire.

Que de mouvements contraires en une seule âme, telle que la mienne, que je croyais auparavant si simple…

Ne devra-t-il pas s'éloigner d'ici quelque jour pour aller au-devant de la fortune que le sort lui doit ? Je tremble déjà à l'idée de ce jour lointain. Ne pas y penser. Tout arrivera comme il faut, en son temps…

Une occasion merveilleuse se présente de flatter notre petit précepteur. Visite royale à Verrières ! Il y aura défilé, procession… Toute la ville sera là, toute la région ! Il faut que Julien en soit ! Que sa beauté se remarque, et sa grâce, son front intelligent, son regard vif ! Qu'on le voie, qu'on l'admire, qu'on me l'envie ! C'est le moment ou jamais de le mettre en valeur ! Pendant que M. de R. va être dévoré par ses obligations, je vais travailler à faire figurer notre Julien en bonne place dans le défilé. Lui faire confectionner un bel habit de garde d'honneur à Besançon, lui procurer un cheval, l'assurer de la meilleure place dans le défilé. Ce ne sera pas une mince affaire. Moi aussi, j'ai mes obligations ! Autrement plus excitantes que celles de M. de R. J'y cours !

Il s'est distingué entre tous ! Il a resplendi ! J'en vins même à craindre de la foule qu'elle ne remarque comme moi l'éclat trop vif et si insolite de ce jeune homme sorti des rangs, premier de la neuvième file des cavaliers, et qu'elle ne s'en offusque ! Non content de se trouver en si remarquable (et très remarquée) posture dans le défilé, il s'est trouvé poussé par le doyen du chapitre, l'abbé Chélan qui l'adore autant que moi, à accompagner la cérémonie religieuse, vêtu en jeune diacre, à deux pas de l'évêque, à cinq de notre hôte royal. Comme j'étais fière mais inquiète aussi des petites jalousies sournoises que l'excès de ses grâces ne va pas manquer de susciter. Ne trouvera-t-on pas à redire contre l'obscur jeune Sorel qui dans la petite chapelle de l'ancienne abbaye, rutilante de lumières et d'oriflammes, résonnante de prières et de chants diaprés, vint à paraître auprès des plus hautes autorités ? Ne va-t-on pas soupçonner un excès de privilèges sorti de la maison de M. le maire ? Ne va-t-on pas médire, calomnier peut-être…

Mais c'était si beau ! Qui peut s'offusquer de la beauté ? Même les jeunes filles vêtues de blanc qu'on avait retenues pour la cérémonie dans la chapelle ne cessaient de lui jeter des coups d'œil admiratifs. Car il fut de tous les honneurs, à travers la ville, puis à l'abbaye, le vieil abbé Chélan, doyen du chapitre, qui l'aime lui aussi, ayant réussi à le faire admettre en tenue ecclésiastique auprès de l'évêque d'Agde, à deux pas de notre royal invité. Oh, le cadeau de cette journée !

Tout me parut concourir à la gloire délicate et sublime de Julien ! Les fleurs, les lustres, les cierges, l'encens, la volée des cloches le sertissant d'or et de lumière ! Auprès de M. de R., à genoux sur mon prie-Dieu, j'ai pensé défaillir de fierté, l'entrevoyant au côté de l'autel seul auprès des deux prêtres officiants et de la vingtaine des plus charmantes jeunes filles des environs qu'on avait retenues pour magnifier de leur grâce la cérémonie. Je sentais bien que mon vœu le plus cher se trouvait exaucé. Je ne savais ni n'osais remercier Dieu d'une telle grâce. Mais c'était tout comme. Je restais à genoux, confuse, envoûtée de la joie secrète, immense, trop grande pour moi, de reconnaître en Julien le jeune fiancé d'une cérémonie magnifique, à laquelle je me rendais corps et âme dans la profusion de splendeurs, d'étoffes, de senteurs, de chants à laquelle toute la communauté se rendait dans l'émotion la plus sincère et les larmes. Plus de pauvres, plus de riches, plus de royalistes, plus de libéraux… l'humaine ferveur en bouquet et Julien en son chœur ! La dévotion religieuse de mon adolescence a rempli de nouveau mon âme. Dans les larmes coulant à flots de ma pitié et de mon amour, je ne sais comment Dieu s'y reconnaîtra. Mais je sens qu'il s'y reconnaît et me comprend.

Terrible... Puis-je encore écrire ce que je vais écrire là ? Notre petit Stanislas est malade. Très malade. Une fièvre maligne s'est emparée de mon Tre chéri, dont rien ne peut venir à bout. C'est là un malheur insupportable. Si cet enfant devait mourir, je mourrais sur-le-champ avec lui. Je le jure.

C'est ma faute. Je le sais, je le sens. Dieu me punit à travers lui... Ne faut-il pas que Julien s'en aille ? Devrais-je tout dire à M. de R. ? Mais comment vivre désormais sans Julien ?

Je prie Dieu à genoux. Je suis prête à tous les châtiments. L'absence de Julien sera ma croix. Je la porterai pour le salut de mon petit. Il me semble parfois que tout le malheur vient de ce que je ne parviens pas à me sentir vraiment coupable.

Mais qu'y puis-je, mon Dieu, qu'y puis-je ? Est-ce de mon fait si Julien existe ? s'il est apparu ? s'il est venu vers nous ? Est-ce de mon fait si Julien n'est pas le père de mes enfants ? Pourquoi faut-il que ce qui est soit ? Quelle part ai-je dans ce désastre ?

N'empêche. Dieu m'éprouve et je ferai selon sa volonté ; pourvu que vive mon petit très aimé.

Il me faut convaincre Julien de partir. Je sens bien de quelles ténèbres nous devons payer son trop grand éclat lors des festivités de Verrières. Le ciel se venge, les jaloux se vengent, on ne veut pas que Julien illumine. Il pleure avec moi. Il s'accable, se jette à mes pieds, propose de se retirer à la Trappe pour apaiser la furieuse colère déchaînée contre nous. Oh l'enfant plus enfant que l'enfant. Mais il craint en s'éloignant de me livrer sans ressources aux ennemis qui me cernent. Il m'aime. Mais je ne peux t'aimer que si mes petits n'en meurent pas, tu comprends ? Il comprend, les aimant lui-même si tendrement.

Et si nous nous aimions désormais comme frère et sœur ? suggère-t-il. *Comme frère et sœur ?* Mais que veux-tu dire, ange naïf ? Frère et sœur, nous ne le fûmes jamais, nous ne le serons jamais, il n'existe pas de telles conversions.

Rien n'est possible. Où est le passage ? Il n'y a pas d'horreur plus atroce que celle dont le ciel me menace. Il ne faut pas nous mettre en vie si c'est pour nous exposer à la mort de notre enfant. On ne peut pas vouloir une chose et son contraire. Dieu ne peut pas. Que dis-je ? Dieu peut… Dieu punit. Mais à ce point ?

Or dès que Julien s'éloigne, je prie pour qu'il revienne. Comme je ne peux envisager la mort de l'enfant, je ne peux croire sans lui que nous devons nous séparer.

Suis-je donc bien folle ? Comment implorer celui qui me persécute, et peut-être d'autant plus que je l'implore ?

L'enfant va mieux ! l'enfant ressuscite ! l'enfant guérit ! Oh, mon Dieu, jamais je n'oublierai cette épreuve. Vous m'avez exposée à l'enfer. Béni soit ce jour ! Bénie soit cette heure ! Ce qui fut ne sera plus. Je renonce à ce cahier, trop complaisant à mes égarements. D'ici peu je le brûlerai. Pitié, pardon, merci… Tous les mots sont les mêmes. Il ne faut plus écrire. Il ne faut plus voir Julien. Ici même, je m'y engage…

Les événements se précipitent pour nous arracher l'un à l'autre. La rumeur a enflé, l'atroce médisance a suivi, selon Julien nous serions découverts ! Je meurs d'angoisse. Julien est convaincu que M. de R. a reçu une lettre anonyme et me supplie de rester sur mes gardes. Que faire, mon Dieu, que faire ?

Je suis en train d'adresser une lettre peut-être insensée à Julien. La lettre à gauche, le cahier à droite pour m'efforcer au calme. J'y mets un instant en doute l'existence de la lettre anonyme. Julien n'aurait-il pas inventé cette histoire pour ne pas me voir cette nuit sous le prétexte de la prudence ? Je ne sais plus que penser, que croire. J'ai peur, affreusement peur. Je ne devrais peut-être pas écrire cette lettre. Je vais même jusqu'à inciter mon pauvre Julien à dévoiler toute l'affaire, à en finir une fois pour toutes, à m'offrir en pâture à la vengeance la plus meurtrière… Qu'importe après tout ?

Je suis folle. Je brûle de fièvre.

Je dois me calmer, trouver comment nous tirer de là.

Si je cherche intensément, avec froideur et détermination, sans effroi ni précipitation, la solution va m'apparaître. Il n'est pas temps de m'abandonner au remords ou à quelque hésitation que ce soit.

Il faut ré-flé-chir. Je le dois. A Julien, aux enfants, à notre amour.

Je réfléchis.

La solution se dessine. Je l'entrevois, je la tiens presque.

Si M. de R. a reçu une lettre anonyme, ce ne peut être que de Valenod, prétentieux et jaloux qui ne rêve que d'arracher au pauvre R. tous les insignes de son prestige, sa fortune, son poste, sa femme, le précepteur de ses enfants. Je ferai mine d'avoir, moi aussi, reçu une lettre – même papier bleu que celui de Valenod, même procédé, et forcément de la même main (je la ferai confectionner par Julien) dénonçant ma conduite et menaçant d'en avertir mon mari au cas où je résisterais encore à ses avances. Ma vertu choquée, révoltée, brandira la lettre devant M. de R. le suppliant de se défaire sur-le-champ de Julien, objet de si terribles ragots. Voilà qui mettra fin aux soupçons de mon pauvre mari, éteindra sa fureur, le forçant à détourner sa rage vers le misérable Valenod, à me rendre sa confiance…

Bon. Affinons la manière de procéder.

– J'achève de manière claire et sensée ma lettre à Julien.

– Je lui demande (en lui faisant parvenir par X, fidèle et dévouée, le message ainsi que la page du livre arrachée pour qu'il y puisse découper les mots nécessaires) de fabriquer la lettre anonyme. Il s'y amusera comme un enfant.

– Je lui fournis le contenu idéal de la lettre : *Madame, toutes vos petites menées sont connues ; mais les personnes qui ont intérêt à les réprimer sont averties. Par un reste d'amitié pour vous je vous engage à vous détacher totalement du petit paysan. Si vous êtes assez sage pour cela, votre mari croira que l'avis qu'il a reçu le trompe, et on lui laissera son erreur. Songez que j'ai votre secret ; tremblez, malheureuse ; il faut à cette heure* marcher droit *devant moi.*

– Je lui indique la marche à suivre pour la suite. Aller se promener avec les enfants en attendant…

– A l'œuvre…

Voilà c'est fait. Je n'en reviens pas ! Je me surprends moi-même bien au-delà de ce que j'aurais pu imaginer ! Quelle ruse, quelle audace ! Qui aurait cru que Mme de R. fût capable de tels stratagèmes ? Je suis géniale ! Malin-géniale devrais-je écrire, car n'est-ce pas le démon qui m'inspire ? De toute façon, il n'y a pas d'autre recours. Notre amour doit rester secret. Un point, c'est tout. Après on verra. Y aura-t-il seulement un *après* ? Tout n'a-t-il pas été d'ores et déjà à jamais donné ?

… Comme sur des roulettes…

C'est ce monsieur Julien ou moi, ai-je menacé. *Je me réfugierai chez ma vieille tante* (dont M. de R. convoite si ardemment l'immense héritage).

Le pauvre. Il a blêmi, s'est représenté tout ce qui pouvait le conduire à sa perte s'il agissait de son propre mouvement. Il s'est vu déshonoré, ruiné, moqué de toute une province, de ses connaissances qu'il appelle ses "amis", de ses enfants...

J'ai pitié de lui. Je ne peux lui vouloir aucun mal.

Tu dis cela mais en même temps le soir, allongée solitaire dans la nuit, le drap remonté sous ton menton, tu formules des vœux insensés, assassins, si seulement... Une attaque soudaine qui lui épargnerait toute agonie, tout déshonneur, qui te délivrerait en un instant... Et alors tu retrouverais Julien, et alors... Quel père délicieux pour tes petits...

Il suffit.

Je pars avec les enfants à Vergy. Julien reste à Verrières.

Combien l'amour est puissant, c'est ce que je ne savais pas.

Certes, je ne sais pas tout à fait ce que je dis en écrivant *amour*. Mais c'est ainsi que je nomme ce qui est plus fort que tout. Et qui ne cède devant rien. Ce qui tient tête à l'opinion publique, aux envieux, aux grincheux, aux dénonciateurs, à M. de R., ce qui résiste par la force de mon lien aux enfants, à Julien si aimable de les tant aimer lui-même. Je peux tricher, mentir, ruser, c'est l'amour qui a raison de moi. Et comment ne pas être gagnée à jamais à la raison de l'amour ? Quand bien même le monde entier tenterait de me prouver combien c'est déraisonnable, je ne pourrai abandonner l'idée que ma raison d'amour est plus forte et plus juste que toutes les déraisons.

Quand bien même Julien en personne voudrait me convaincre par sa désaffection de ne plus m'aimer. D'ailleurs je lui ai écrit cette phrase, noire sur blanc, que j'aurais dû signer de mon propre sang : *Va, je te pardonne, si tu ne m'aimes plus.*

Ainsi écrit l'amour qui ne renonce jamais. Nul ne peut écrire cela sans quelque dédain de la mort quand c'est de la poursuite de la vie de l'enfant qu'il s'agit avant tout.

Et maintenant ne me faut-il pas trouver quelque cachette plus secrète pour ces confessions ? M. de R. dans sa rage inquisitrice pourrait bien venir à bout de mon secrétaire… Je plains sa misère, mais je crains une brutalité qui pourrait bien se déporter sur Julien, plutôt que sur moi qui lui suis trop nécessaire.

Mais non, ce qu'il sait, il ne veut pas le savoir.

Il suffit que Julien parte. M. de R. devra tourner la page, se convaincre que rien n'est arrivé tant son désir de préserver ses biens, son honneur, sa fortune est immense.

Julien partira. Par amour de l'amour, je ne mourrai pas de ce départ. Il est encore temps et nécessité de vivre.

C'est pourquoi aussi je veux qu'il parte, même si je le retiens de toute mon âme. Ici, désormais, l'air est saturé d'impossible. Tous sont aux aguets. Ou aux intrigues. Tout conspire à ternir le prestige de M. de R., jusqu'à ce jour premier personnage de Verrières, à renverser son autorité. Moi-même, à l'origine de la destitution qui menace mon mari, j'applique toute mon énergie à l'assister, à le soutenir de subterfuges subtils dont je n'aurais jamais pensé être capable. Je complote comme n'importe quel valet, je manigance toute sorte de stratagèmes pour détourner les soupçons de M. de R., me voilà impliquée jusqu'au cou dans la sauvegarde de l'honneur d'un homme que je n'aime pas, pauvre honneur de nanti paré d'une respectabilité de convenance dont nous sommes, moi et mes enfants, les véritables garants. C'est étrange. A la fin je ne sais plus qui je tends à sauver. Lui, la respectabilité de sa famille, ou alors Julien, ou les enfants, ou moi peut-être finalement…

Je m'y perds. J'y suis moi-même perdue. Nulle place pour l'amour dans cette jungle de ruses, de soupçons, de méfiances, de parades. Je suffoque dans ce temps de mon temps où on ne se bat que pour les places, l'argent, le *qu'en-dira-t-on*, les distinctions. Je veux vivre, moi, je veux caresser mes enfants, entendre les oiseaux de l'aurore, me souvenir, attendre. J'implore le ciel de m'autoriser à rentrer chez moi…

Aujourd'hui, tandis que Julien est à Verrières, tandis que les enfants et moi demeurons encore à Vergy, l'occasion s'est présentée de nous rendre à Verrières. Tandis que les enfants jouaient avec le lapin qu'ils avaient emporté avec eux, je me suis éclipsée pour grimper jusqu'à la chambre de Julien. A peine avons-nous eu le temps de rire du plaisir à nous retrouver que les enfants ont surgi pour présenter leur nouvel ami à fourrure. Moment adorable pour la petite famille que nous formons tous les cinq. Même le lapin faisait la joie de tous. Au repas qui a suivi, petit Tre a trouvé le moyen de manifester son amour de Julien, tant et si bien que j'ai vu quelle tendresse en retour embuait son regard. Petit Tre était délicieux, Julien charmé, et moi aux anges. C'est alors que M. de R. est entré. Je connais maintenant la figure la plus haïssable qui soit : celle du rabat-joie.

Ce qui fut demeurera. Quoi qu'il arrive désormais. Cette famille que nous fûmes, Julien et moi et nos trois petits, ne périra pas, quand bien même nous serions séparés. Julien ne m'oubliera pas, Julien me portera à jamais en lui comme je le garderai en moi. Je resterai là où je suis ; je ne bougerai plus.

Car, décidément, plus rien de la vie ne se peut désormais ici. Plus rien ne saurait y avoir cours que les intrigues d'argent, les tractations du jour, les sourdes rivalités entre ultras et libéraux, les querelles de prestige. Tout mon esprit doit se détacher du lieu où le destin m'assigne. Je veux bien mourir, je ne veux pas suffoquer d'ennui désespéré.

Que Julien parte. Peut-être trouvera-t-il à rester à Verrières, en charge des enfants de M. de V. Mais non, c'est impossible. Le dépit qu'en aurait M. de R. gagnerait en folie meurtrière. L'évidence s'impose.

Nous devons être séparés.

Le vieil abbé Chélan, averti de toute l'affaire, ouvre à Julien les portes du séminaire de Besançon.

D'ailleurs je n'en peux plus d'irrespirer. Je me plie à la mutilation, s'il la faut pour aimer encore, voir mes enfants, baiser leurs tendres joues, me souvenir, espérer quelque grâce pour demain…

Je ralentis mon écriture comme pour la cerner du sceau d'un serment.

J'ai bien fait de retirer mon cahier de son tiroir et de le cacher. J'ai pu indiquer à M. de R. que je détenais de vieilles lettres du Valenod (tout à fait compromettantes pour lui, salvatrices pour moi, accréditant fort heureusement la thèse de mon petit complot...). Mon petit secrétaire a été brisé...

Je n'en peux plus de cette agitation anxieuse, de ces brûlures de la crainte au quotidien. Je veux que Julien s'en aille.

Je veux le garder sereine et vaste dans la niche du secret. Là je veux vivre encore, grosse et bénie de lui.

Peut-être vais-je renoncer à mon cahier, coffret de trop de tempêtes, témoin de trop de folies. Peut-être vais-je le brûler.

Là où j'aspire à la paix, là où se tiendra mon Julien désormais, qu'aurais-je à faire des mots et des phrases ?

Et cependant je ne peux me résigner à me défaire de mon cahier. Ma main gauche le caresse comme s'il venait d'échapper à un grand malheur, lui, espace de mon âme, souffle du temps, hier, aujourd'hui, demain.

On peut se rendre à la mort et pourtant aimer que cela dure encore. Aimer quoi ? Presque rien, mais c'est tout, ça, les mains jointes, les genoux pliés, la ferveur impuissante et éblouie.

Alors, le cahier, c'est la vie qui dure.

IL EST parti. Ses adieux me furent atroces. Je restai devant lui immobile et sans voix.

Je me sentais si défaillante que je ne pus lui témoigner quelque sentiment ou pensée que ce soit. Il en parut dépité. Ne me resta que la force de lui faire promettre de ne pas oublier les enfants au cas où je viendrais à disparaître.

Oui, disparaître. La mort rôde. Mort tellement désirable s'il n'y avait pas les enfants.

Il y a désormais – je ne le souhaitais pas – ce que je ne peux me sortir de la tête. Les trois jours. Il a dit qu'il reviendrait dans trois jours. Dans trois nuits, plutôt. Je suis folle. Le chiffre trois me hante minute après minute. Mon cœur répète *trois* à voix basse dans le sillon de sa voix.

Et puis je songe, juste une fois encore, s'il vous plaît mon Dieu, une fois, une seule fois, dans trois jours…

Les trois jours si longs à traverser sont révolus.

Le passage de Julien fut déchirant. Comme si la liberté de le goûter m'était désormais refusée. Comme si je l'avais manqué. Je n'ai pu que pleurer, aveuglée de détresse par cette dernière fois. Tout me rappelait que nous mourions l'un à l'autre, que la vie se refermait à jamais sur nous.

Plus rien désormais ne se pouvait, ne se pourra, donc ? Comment le croire ? Comment l'admettre ? Ni caresses, ni baisers, ni paroles, ni tendresses ? Comment ne pas mourir ?

Il est parti. Je suis morte. Pire que morte, morte en chair vive et saignante. A jamais. Oh, mon Dieu…

Je n'écris plus rien.

Combien de semaines ou de jours seulement, tous également sombres et glacés d'angoisse ? Je ne sais pas. Je ne peux pas, je ne veux pas compter.

Douleur proche de celle que doivent ressentir les écorchés vifs. Toute l'énergie restante fut occupée à paraître intacte devant M. de R., les enfants et les domestiques. C'est le pire : devoir paraître.

Ces choses-là ne peuvent pas s'écrire.

Depuis que je le sais au séminaire de Besançon, les plaies les plus atroces de son absence se referment un peu. Je sais maintenant où il se trouve, comme lui sait où je me tiens et je peux penser à lui. Je le rejoins en pensée. J'imagine nos âmes conversant silencieusement par-delà la distance, entre les murs qui nous protègent. J'apprends à me confondre à la concentration de son étude, à la rigueur de son éducation, à la lenteur de ses déplacements dans sa cellule.

J'apprends à être séminariste en quelque sorte. Cette condition me convient. Je lis des livres pieux. Je fais silence. J'observe le temps vide. J'apprends à m'y tenir.

M. de R. digère – il le faut bien pour *soutenir son rang* – les inquiétudes affreuses que lui ont causées les lettres anonymes. Les enfants, bien que chagrins du départ de Julien, n'oublient ni de vivre, ni de jouer, ni de jaser entre eux.

Ce matin à mon réveil j'ai entendu le chant du merle et l'étau du cœur s'est un instant desserré. Je me suis souvenue. Le souvenir réclamait sa place, son lit, son étendue. Julien a dit *je brûle pour vous de la passion la plus vive.* Le mot *passion* s'élargit dans ma poitrine. Je le laisse faire, grandir, prendre ses aises. C'est un nénuphar épanoui sur l'étang de mémoire.

La plume me tombe des mains. Mon devoir n'est-il pas de me rendre à Dieu désormais ? de plier les genoux, d'incliner la tête, de joindre les mains ?

Au séminaire de Besançon est celui que je ne nomme plus. Avec celui que je nomme Dieu, mon Dieu, oh mon Dieu… En Dieu aussi se tient celui que je ne nomme plus. Au moins cela. Se taire. Et disparaître ensemble en celui qui nous enveloppe tous.

Là où sera la paix, la certitude, et non plus les affolements du cœur.

Je m'exhorte à la sagesse, mais comment savoir si je m'y tiens ?

M. de Rênal a retrouvé ses soucis les plus ordinaires. Sa position. Ce qui se dit de nous. Il me faut l'endurer. Et je l'endure. Les enfants ont un nouveau précepteur, d'âge mûr et de haute stature. Je ne me mêle pas de ce que les enfants gagnent à sa présence. M. de Rênal m'a priée de ne pas me rendre aussi fréquemment à l'église, ce qui pourrait donner à penser aux gens de Verrières que j'ai quelque chose à me faire pardonner. Alors je prétexte des achats en ville. Je me rends à la cathédrale. Je ne peux m'empêcher de longer les murs du grand séminaire, d'un pas rapide, la tête basse, le cœur battant. J'aime la cathédrale, ses ombres fraîches, son silence, sa profondeur. Je sens que le Très-Haut m'y accueille sans réserve ; non pas comme mon confesseur. Dieu est Amour.

Je crois en Lui. Je ne peux haïr Julien. Je peux admettre devant mon confesseur qui l'exige – mais non devant Dieu puisque c'est Lui qui l'a voulu – que ma faute est haïssable. Aux yeux de M. de R., et de tant d'autres que je connais bien, elle le serait forcément.

C'est aussi ce que dit mon confesseur. Mais nous ne nous comprenons pas sur "amour". Je l'écoute mais je ne l'entends pas. Il dit "amour" pour compassion, pitié, pardon. Moi je dis "amour" pour ce qui me ravit, m'immensifie et me brûle le cœur de reconnaissance.

Il dit : *Agnus Dei qui tollis peccata mundi miserere nobis.* Mais mon cœur secret répète *Agneau de Dieu réjouis-toi de nous dans l'amour que nous te portons.* Et que tu nous rends au centuple.

Mon confesseur parle regrets et pénitence. Je ne peux gémir du lot d'Amour que Dieu a tant favorisé en moi. Oh mes enfants, oh l'humble splendeur du jour, oh le chant des oiseaux au crépuscule, l'odeur des fleurs du tilleul ! C'est Dieu-Amour que tout mon être convoque et implore.

IL Y AVAIT ce secret entre nous. Il creusait un espace de lumière et de bleuités dans le monde hors du monde et pourtant dans ce monde où nous étions réunis. Il y coulait une veine de fièvre douce, une rivière de lait où nous buvions ensemble. J'étais sans cesse en attente de le voir au jardin, au potager, de le croiser dans le couloir, d'attraper son regard au sortir de l'antichambre. Il effleurerait mon bras.

Les enfants dessinaient le périmètre de notre partage. *Où est M. Julien ?* Ils couraient de lui à moi, de moi à lui.

Allez annoncer à madame votre mère que le beau temps est revenu, que nous pouvons sortir...

Ce "madame votre mère" quand je l'entendais me perçait l'âme de ferveur. Qui oserait prétendre que ce n'est pas Dieu qui a voulu cela pour que nous lui rendions grâce ?

Et maintenant, le monde où nous étions ensemble n'a pas disparu, il a seulement changé de forme, de texture, de couleurs. Dans ce monde où je suis, Julien y est également. Il y dort, il y mange, il y parle… Quand se souvient-il de moi ? Dans sa prière ou dans son sommeil ? Et toi-même ? me dis-je. Je n'ose me répondre tant il me semble que je ne m'éloigne jamais de lui.

Extrait du catalogue
"un endroit où aller"
Une collection créée en 1995 par Françoise et Hubert Nyssen

42. Rosie Delpuech
INSOMNIA

43. Luc de Heusch
MÉMOIRE, MON BEAU NAVIRE

44. Hubert Nyssen
LE BONHEUR DE L'IMPOSTURE

45. William Shakespeare
LE ROI LEAR

46. Marcel Moreau
LA VIE DE JÉJU

47. Philippe de la Genardière
LE TOMBEAU DE SAMSON

48. Lesley Blanch
ROMAIN, UN REGARD PARTICULIER

49. Montaigne
DES LIVRES

50. Nancy Huston
L'EMPREINTE DE L'ANGE

51. Anne Walter
LES RENDEZ-VOUS D'ORSAY

52. Pierre Gascar
LE TRANSSIBÉRIEN

53. Pierre Gascar
AÏSSÉ

54. André Dubus
VENDRE SA PROSE

55. Siri Hustvedt
YONDER

56. Nadine Ribault
UN CAILLOU A LA MER

57. Rose-Marie Pagnard
DANS LA FORÊT LA MORT S'AMUSE

58. Tecia Werbowski
HÔTEL POLSKI

59. Gwenaëlle Aubry
LE DIABLE DÉTACHEUR

60. Myriam Antaki
LES VERSETS DU PARDON

61. Agathe Rouart-Valéry
CRAYONS

62. Pierre Aubé
JÉRUSALEM 1099

63. Grace Elizabeth King
BAYOU L'OMBRE

64. Nancy Huston
PRODIGE

65. Muriel Cerf
SERVANTES DE L'ŒIL

66. Wang Wenxing
PROCESSUS FAMILIAL

67. Aki Shimazaki
TSUBAKI

68. Gidon Kremer
UNE ENFANCE BALTE

69. Luc Sante
L'EFFET DES FAITS

70. Nancy Huston
NORD PERDU

71. Dmitri I. Pisarev
NOTRE SCIENCE UNIVERSITAIRE

72. Charles Bertin
JADIS, SI JE ME SOUVIENS BIEN…

73. Lisa Bresner
LAO TSEU

74. Davitt Moroney
BACH

75. Anna Maria Ortese
CORPS CÉLESTE

76. Pier Paolo Pasolini
DANS LE CŒUR D'UN ENFANT

77. Hubert Nyssen
QUAND TU SERAS A PROUST
LA GUERRE SERA FINIE

78. Göran Tunström
UN PROSATEUR A NEW YORK

79. George Washington Cable
CARANCRO

80. Nadine Ribault
FESTINA LENTE

81. Anne-Marie Garat
LES MAL FAMÉES

82. Alice Ferney
LA CONVERSATION AMOUREUSE

83. Aki Shimazaki
HAMAGURI

84. Nancy Huston
LIMBES/*LIMBO*

85. Marly Youmans
LITTLE JORDAN

86. Anne Bragance
LE LIT

87. Marian Pankowski
POST-SCRIPTUM A L'AMOUR

88. Jean Joubert
UN PEU AVANT LA NUIT

89. Annie Leclerc
TOI, PÉNÉLOPE

90. Jean-Luc Outers
LA COMPAGNIE DES EAUX

91. Nancy Huston
DOLCE AGONIA

92. Jean Duvignaud
LE PRIX DES CHOSES SANS PRIX

93. Alberto Manguel
STEVENSON SOUS LES PALMIERS

94. Muriel Cerf
LA FEMME AU CHAT

95. Jean Debernard
SIMPLES SOLDATS

96. Nina Berberova
LES DERNIERS ET LES PREMIERS

97. Pierre Aubé
ÉLOGE DU MOUTON

98. Fabienne Pasquet
LA DEUXIÈME MORT DE TOUSSAINT-LOUVERTURE

99. Aki Shimazaki
TSUBAME

100. Anna Maria Ortese
LE SILENCE DE MILAN

101. Guillaume Pigeard de Gurbert
LE MOUCHOIR DE DESDÉMONE

102. Anne Bragance
CASUS BELLI

103. Sebastian Haffner
HISTOIRE D'UN ALLEMAND

104. Hubert Nyssen
ZEG OU LES INFORTUNES DE LA FICTION

105. Marcel Thiry
GRANDES PROSES

106. Annie Leclerc
ÉLOGE DE LA NAGE

107. Joëlle Miquel
CONCERTO POUR ALEXANDRE

108. Raymond Jean
CLOTILDE OU LE SECOND PROCÈS DE BAUDELAIRE

109. Nina Berberova
LE CAP DES TEMPÊTES

110. Anne Walter
C'ÉTAIT UN JOUR TRÈS LENT

111. Vincent Delecroix
RETOUR A BRUXELLES

112. Arnaldo Calveyra
MAÏS EN GRÉGORIEN

113. Kjell Espmark
LE VOYAGE DE VOLTAIRE

114. Timothée de Fombelle
JE DANSE TOUJOURS

115. Lisa Bresner
PÉKIN EST MON JARDIN

116. Nathaniel Hawthorne
VINGT JOURS AVEC JULIAN ET PETIT LAPIN SELON PAPA

117. Annie Leclerc
L'ENFANT, LE PRISONNIER

118. Alberto Manguel
CHEZ BORGES

119. Nina Berberova
MADAME
suivi de
PETITE FILLE

120. Aki Shimazaki
WASURENAGUSA

121. Nancy Huston
UNE ADORATION

122. Jean Duvignaud
LES OCTOS

123. Anne Bragance
LA REINE NUE

124. Alice Ferney
DANS LA GUERRE

125. Anne-Marie Garat
NOUS NOUS CONNAISSONS DÉJÀ

126. Anna Maria Ortese
LE MONACIELLO DE NAPLES
suivi de
LE PHANTASME

127. Anna Maria Ortese
L'INFANTE ENSEVELIE

128. Nina Berberova
LA GRANDE VILLE

129. Rudyard Kipling
UN TAUREAU INTELLIGENT
suivi de
L'HOMME QUI VOULAIT ÊTRE ROI et autres contes cruels

130. Sherif Hetata
LA NASSE

131. Frank Huyler
AU SUIVANT

132. Hubert Nyssen
PAVANES ET JAVAS SUR LA TOMBE D'UN PROFESSEUR

133. Anne-Marie Garat
LA ROTONDE

134. Vincent Delecroix
LA PREUVE DE L'EXISTENCE DE DIEU

135. Nadine Ribault
CŒUR ANXIEUX

136. Pia Petersen
PARFOIS IL DISCUTAIT AVEC DIEU

137. Anna Maria Ortese
TERREURS D'ÉTÉ

138. Anna Maria Ortese
LES OMBRA

139. Jean-Luc Outers
LE BUREAU DE L'HEURE

140. Pierre Henry
JOURNAL DE MES SONS

141. Claude Schmitt
L'EMPREINTE, RÉCIT DE LA GUERRE D'ALGÉRIE

142. Alberto Manguel
KIPLING

143. Robert Georgin
SOLSTICE D'AUTOMNE

144. Anne-Marie Garat
UNE FAIM DE LOUP

145. Aki Shimazaki
HOTARU

146. Dominique Sassoon
IL Y A PLUSIEURS MANIÈRES DE PRENDRE DES PHOTOS

147. Berjanette
LES FEMMES, LA TABLE, L'AMOUR

148. Anne Bragance
UNE ENFANCE MAROCAINE

149. Frédéric Chaudière
TRIBULATIONS D'UN STRADIVARIUS EN AMÉRIQUE

150. Paul Gadenne
BALEINE

151. Alberto Manguel
UN AMANT TRÈS VÉTILLEUX

152. Jean Duvignaud
LE SOUS-TEXTE

153. Breyten Breytenbach
LE CŒUR-CHIEN

154. Metin Arditi
DERNIÈRE LETTRE A THÉO

155. George Steiner
UNE CERTAINE IDÉE DE L'EUROPE

156. Robin Chapman
L'ÂGE D'OR DE SANCHO

157. Anne Bragance
DANSEUSE EN ROUGE

158. Pia Petersen
UNE FENÊTRE AU HASARD

159. Pascal Durand
L'ART D'ÊTRE HUGO

160. Metin Arditi
LA PENSION MARGUERITE

161. Alexis Curvers
LE MONASTÈRE DES DEUX-SAINTS-JEAN

162. Sir Arthur Conan Doyle
SOUS LA LAMPE ROUGE

163. Michel Guérin
LA GRANDE DISPUTE

164. Georges Moustaki
SEPT CONTES DU PAYS D'EN FACE

165. Jean Duvignaud
LA RUSE DE VIVRE

166. Frank Huyler
LES LOIS DE L'INVISIBLE

167. Julien Burgonde
LA NOSTALGIE DU FOSSOYEUR

168. Kjell Espmark
BÉLA BARTÓK CONTRE LE TROISIÈME REICH

169. Nancy Huston
LIGNES DE FAILLE

170. Metin Arditi
L'IMPRÉVISIBLE

171. Alice Ferney
LES AUTRES

172. Catherine David
CRESCENDO

173. C. K. Williams
DISSENTIMENTS

174. Anna Maria Ortese
TOUR D'ITALIE

175. Pascal Durand
LA CENSURE INVISIBLE

176. Frédérique Deghelt
LA VIE D'UNE AUTRE

177. Gwenaëlle Aubry
NOTRE VIE S'USE EN TRANSFIGURATIONS

178. Eduardo Berti
RÉTROSPECTIVE DE BERNABÉ LOFEUDO

179. Victor Hugo
NAPOLÉON LE PETIT

180. Göran Tunström
CHANTS DE JALOUSIE

181. Anne Bragance
D'UN PAS TRANQUILLE

182. Annick Stevenson
BLANCHE MEYER ET JEAN GIONO

183. Pia Petersen
PASSER LE PONT

184. Nancy Huston
PASSIONS D'ANNIE LECLERC

185. Annie Leclerc
L'AMOUR SELON MME DE RÊNAL

Ouvrage réalisé par l'atelier graphique Actes Sud et achevé d'imprimer en septembre 2007 par l'Imprimerie Floch à Mayenne pour le compte des éditions Actes Sud Le Méjan place Nina-Berberova 13200 Arles
Dépôt légal : 1re édition : octobre 2007
N° d'impr. : 69096
(Imprimé en France)